Meurtre entre deux coups de pinceau

Un mystère Little Firling – Livre quatre

par Belinda Chavremootoo

Dédicace

Pour chaque chat qui a déjà résolu un mystère tranquillement avant que les humains ne le fassent.

Droit d'auteur du texte

À propos de l'auteur

Belinda Chavremootoo écrit de charmants mystères douillets remplis de secrets de bord de mer, de portes de jardin et de chats qui connaissent toujours la vérité. Lorsqu'elle n'est pas en train de comploter des crimes fictifs, on peut la trouver dans son jardin, où l'odeur de la terre et le bruissement des feuilles fournissent une inspiration sans fin, le tout sous le regard attentif de ses deux chats, qui la surveillent avec un jugement tranquille.

Table des matières

Prologue

Les ruines de la chapelle avaient toujours été silencieuses.

Mais cet été-là, ils ont commencé à chuchoter.

Des pas s'enfonçaient dans l'herbe là où personne n'aurait dû marcher. Les pétales sont tombés de fleurs sauvages sans vent. Le lierre grimpait plus vite, se recourbant comme des doigts.

Quelqu'un regardait.

Pas le peintre. Pas l'élève. Pas le chat. Autrui.

Quelqu'un qui connaissait les espaces vides entre les coups de pinceau.

Les mensonges sont enfouis sous des couches de peinture.

Quelqu'un qui avait attendu assez longtemps.

Chapitre 1

Les échinacées tenaient cour.

Annabel se tenait à la lisière de son jardin, un thé à la main, regardant le soleil attraper l'arrière des pétales – roux, or, magenta – chacun légèrement incliné comme s'ils savaient que l'été était presque fini.

Derrière eux, les dahlias fleurissaient comme de petites explosions majestueuses.

Les héléniums brûlaient du bronze et de l'orange comme des étincelles dans une cheminée.

Les fleurs Suzanne aux yeux noirs hochaient la tête dans la brise, et le crocosmia lança des fusées éclairantes rouge feu à travers un lit qui avait été principalement de couleur vert la semaine précédente.

Ils n'avaient plus besoin d'elle maintenant, pas vraiment.

Un peu de désherbage, quelques coups morts, un arrosage doux si la pluie s'oubliait. Les tomates étaient presque mûres, les haricots verts étant plus performants que d'habitude. Il y avait de la paix en elle – le genre de paix qui venait du fait de savoir que quelque chose grandirait, que vous vous penchiez dessus ou non.

Et pourtant...

Elle prit une autre gorgée de thé, tiède et vaguement proche de la camomille, et essaya d'ignorer la sensation qui montait dans sa poitrine. L'agitation.

Le jardin était bien. Beau, même.

Mais elle voulait voir ce que faisaient les *plantes sauvages.*

***

Le coup est venu comme un coup de semonce : brusque, puis immédiatement suivi d'un coup de talon contre le cadre de la porte.

Annabel soupira. Elle n'avait pas besoin de vérifier qui c'était. Personne d'autre n'a frappé comme s'ils essayaient d'expulser la porte.

Elle l'ouvrit et trouva Evie Barnes, tenant en équilibre un thermos, un sac fourre-tout, un carnet de croquis et quelque chose enveloppé dans du papier ciré comme un sandwich de scène de crime.

« J'ai préparé le déjeuner, » a déclaré Evie, se glissant à l'intérieur comme si elle y vivait. « L'un d'eux est soit du thon, soit de la très mauvaise mayonnaise aux œufs. L'autre à la betterave et la honte. Quoi qu'il en soit, on y va. Tu ne peux pas reculer maintenant. »

Annabel cligna des yeux. « Aller où ? »

« À l'art. Évidemment. »

« J'ai dit que j'y réfléchirais. »

« Tu as dit oui alors que tu étais distraite par les pucerons. C'est de l'engagement en vertu de la loi du village. »

« Je ne peins pas. »

« Tu *remarques* des choses, » dit Evie, remettant déjà la bouilloire en marche comme si elle ne faisait pas confiance au thé d'Annabel. « On pense en termes de palettes de couleurs et de textures végétales. C'est de la peinture, mais avec moins de crises de colère et plus de compost. »

Perséphone apparut sur le rebord de la fenêtre, la queue battant de désapprobation. Elle renversa un crayon et bâilla théâtralement.

« Je n'ai pas de fournitures. »

Evie lui lança un ensemble de pinceaux soigneusement roulés avec tout le flair d'une magicienne. « Tu les as maintenant. »

***

Le pré Foxglove scintillait dans le soleil du début d'après-midi.

L'herbe était haute, aux pointes dorées, avec des chardons épars et de délicats achillées millefeuille qui se penchaient paresseusement dans la brise. Quelques abeilles tardives ont dérivé entre les fleurs sauvages. Ça sentait l'herbe chaude et la nostalgie.

Basil Marlowe avait marqué la zone avec des banderoles colorées et de petits panneaux en bois indiquant *« Observez, ne vous immiscez pas »*.

Evie n'était pas impressionnée. « Est-ce une règle ou une menace ? »

Ils ont été parmi les premiers à arriver. Annabel a sorti le kit de pinceaux et a ouvert son carnet de croquis, se sentant légèrement ridicule et légèrement exaltée.

L'air sentait différent de celui de son jardin – plus lâche, plus sauvage. Moins la sienne.

Le reste du groupe commença à arriver.

***

Basil Marlowe, grand et anguleux, avec une crinière argentée balayée en arrière et une écharpe qui semblait avoir vécu plusieurs vies dramatiques, se déplaçait parmi eux comme un chef d'orchestre de l'énergie des bois.

« Vous n'êtes pas ici pour vous reproduire, mes chéris, » dit-il avec grandeur. « Vous êtes ici pour *témoigner*. La nature ne se révèle qu'à l'observateur révérencieux. »

Evie se pencha vers Annabel. « Bois chaque fois qu'il dit « respectueux » et nous serons plâtrés au déjeuner. »

***

Claudia Fenwick avait déjà choisi une place près des hautes herbes. Elle était vêtue de vert olive et de gris ardoise, sa chemise repassée avec précision, ses cheveux courts épinglés en arrière comme si elle ne faisait pas confiance au vent. Elle a déballé un ensemble d'aquarelles minimalistes à l'efficacité chirurgicale et n'a salué personne. Annabel remarqua la façon dont les yeux

de Claudia se tournaient vers les autres –
froids, impénétrables, en attente.

***

Jules Kepler est apparu ensuite,
portant un chapeau de paille à larges
bords, des colliers superposés et un
tablier en toile qui avait déjà des taches
de peinture stratégiquement placées. Il
avait l'air de quelqu'un qui croyait aux
auras et n'utilisait jamais le mot
« beige ».

« Les vibrations sont *parfaites,* » a-t-
il annoncé à personne en particulier,
posant ses affaires comme s'il

revendiquait une terre. « Je peux *sentir* l'énergie de l'achillée millefeuille. »

Nell, qui le suivait, portait un long cardigan qui effleurait presque l'herbe, des lunettes de soleil surdimensionnées et un léger regard de regret. Elle hocha poliment la tête, puis s'assit sur une couverture et commença à installer un petit jeu d'encre avec à peine un son.

Evie marmonna : « L'un d'eux est émotionnellement réprimé. Je n'ai tout simplement pas trouvé qui. »

***

Au moment où Jules se lançait dans un monologue sur la « conscience du pissenlit, » Beatrice Simmons s'est précipitée sur le terrain comme un éclat de vanille chaude.

« J'espère que personne ne s'en soucie, dit-elle vivement, en tenant un moule à gâteau, mais j'ai fait des tranches d'avoine et de mûres. Ils font techniquement partie d'une étude que je fais sur les textures comestibles, mais je ne serai pas offensé si quelqu'un les mange juste pour le plaisir. »

Béatrice portait un pantalon large en velours côtelé, un pull couleur moutarde avec une épaule légèrement saupoudrée de farine et une écharpe imprimée de théières et de petits chats. Ses lunettes glissèrent légèrement alors qu'elle plissait les yeux dans la lumière, mais elle sourit à tout le monde comme si elle les connaissait depuis toujours.

Jules en prit une tranche immédiatement. « C'est *aligné avec les vibrations.* »

Claudia n'en prit aucun.

Evie en attrapa deux et chuchota à Annabel : « Elle est soit secrètement un génie, soit tout simplement trop gentille pour survivre à ce groupe. »

Annabel sourit. « Les deux, peut-être. »

Perséphone a fait le tour de Béatrice une fois, a reniflé l'air et s'est éloignée avec une suspicion évidente. Elle ne faisait *pas* confiance aux produits de boulangerie qui n'étaient pas achetés directement.

***

Puis vint Elena Halberd.

Elle est entrée comme si elle avait l'habitude d'être observée. Pas avec vanité, mais avec vigilance.

Lin ample. Chaussures à semelles souples.

Pas de bijoux. Ses cheveux noirs étaient épinglés en une torsion lâche, des mèches s'échappant comme si elles avaient mieux à faire.

Elle hocha la tête à Basil. Brièvement. Choisit le coin le plus éloigné de la prairie.

Evie se pencha. « Elle a le cœur brisé sous forme humaine ou elle est ici pour enterrer un corps. »

Annabel murmura : « Ou les deux. »

Elena peignait sans préambule.

Pas de plaisanteries. Il suffit de brosser sur du papier, un petit pot d'eau en verre à son coude et une intensité tranquille qui repoussait l'air autour d'elle.

***

La prairie se remplissait d'un léger bruissement. Oiseaux. Pinceaux sur papier. Des soupirs occasionnels de frustration créative.

Annabel a essayé de peindre une échinacée. C'est sorti... confus.

Elle a réessayé.

Cette fois, elle s'est concentrée sur la façon dont les pétales penchaient. La façon dont ils ne demandaient pas à être remarqués, mais l'étaient quand même. C'était mieux.

Elle leva les yeux juste au moment où Elena trempait son pinceau avec des doigts qui tremblaient – juste légèrement.

Claudia le vit aussi.

Ni l'un ni l'autre ne dirent un mot.

***

Perséphone passa devant Jules, qui glapit quand elle marcha sur sa palette, puis se dirigea directement vers les genoux de Claudia comme si elle inspectait un suspect. Claudia se figea.

Evie, qui regardait à l'ombre, riait. « Elle sait toujours qui a besoin d'être déstabilisé. »

***

À la fin du cours, Basil a déclaré que c'était « un triomphe de la saison pour les rencontres d'âmes ».

Les gens pliaient leurs bagages lentement.

Elena n'a parlé à personne. Elle essuya son pinceau, plia sa chaise et disparut entre les hautes herbes.

Claudia s'attarda un instant de plus, fixant la place vide d'Elena. Puis elle s'est également éloignée – sa palette parfaitement propre.

Annabel ferma son carnet de croquis. Ce n'était pas son meilleur travail. Mais c'était la sienne.

Perséphone sauta dans ses bras, ronronnant une fois, comme un signe de ponctuation.

Demain, ils peindraient dans l'ancienne chapelle.

Et d'une manière ou d'une autre, Annabel savait déjà : quelque chose ne serait pas à sa place.

Chapitre 2

Les ruines de la chapelle se dressaient comme des dents cassées sur l'horizon, adoucies seulement par le lierre et le temps.

Ce n'était pas grand-chose : trois murs debout, une arche de pierre tordue à l'endroit où se trouvait autrefois la porte, et un sol envahi de mousse et de violettes sauvages. Mais c'était calme. Encore. Un endroit où le son s'adoucissait et la respiration ralentissait.

Annabel se tenait juste à l'intérieur du mur d'enceinte, un carnet de croquis sous un bras, regardant la lumière filtrer à travers le toit ouvert. Le soleil se dispersait à travers les fissures comme de l'or renversé.

Perséphone s'enroulait entre ses pieds, battant de la queue, comme si elle inspectait la géométrie sacrée des pierres pour ses propres raisons mystérieuses.

***

Béatrice apparut avec son thermos habituel et un sourire qui ne savait pas être autre chose.

« Oh, je connais cet endroit, » a-t-elle dit en enjambant une dalle fissurée. « J'ai cuisiné pour un mariage ici, il y a des années. Eh bien, tout a commencé ici, en tout cas. »

Evie leva les yeux de sa trousse. « Dans les ruines ? »

« C'était très à la mode à l'époque. Romantisme rustique. Fleurs dans des pots de confiture. Un symbolisme qui s'effrite. »

« Et ? » demanda Annabel, déjà amusée.

Béatrice soupira. « Une tuile cassée s'est détachée à mi-chemin des vœux. Atterrissage directement sur le gâteau de mariage. Le niveau supérieur a glissé comme s'il avait trouvé un meilleur endroit où être. J'ai dû le réparer avec des cerises confites en espérant que personne ne l'aurait remarqué. »

Evie gloussa. « Est-ce que la mariée était furieuse ? »

« Elle portait des talons dans un champ. Elle était déjà furieuse. »

***

Le groupe s'est installé lentement.

Claudia choisit un coin ombragé près d'une fenêtre tordue. Ses traits étaient tranchants, délibérés et silencieux.

Jules était assis de manière dramatique sur un banc cassé, un pied en l'air comme s'il posait pour une allégorie de la Renaissance. Il regarda le plafond en ruine et dit : « Cet endroit me donne de l'énergie de renaissance. »

Nell, avec un cardigan encore plus grand aujourd'hui, choisit tranquillement un carré de thym sauvage et déballa son ensemble de charbon de bois sans tambour ni trompette.

Elena est arrivée la dernière. Elle n'a salué personne. Just hocha la tête une fois à Basil, puis s'installa près de ce qui avait été autrefois l'autel.

Annabel l'observa attentivement.

Sa composition a été immédiate. Confiante. Ses lignes étaient nettes, ses lavis subtils. Mais il semblait manquer quelque chose.

C'était beau, mais il ne respirait pas.

***

Près de l'arche, Béatrice s'était perchée sur un tabouret à côté de Basil, un carnet de croquis en équilibre sur ses genoux. Elle ne dessinait pas, pas encore.

« Je me souviens de ses travaux antérieurs, » dit-elle doucement. « Une peinture que j'ai vue – un chemin boisé – avait l'impression d'avoir des dents. Je ne pouvais pas m'arrêter de le regarder. Ça m'avait fait peur. De la meilleure façon. »

Basil fredonnait, sirotant quelque chose qui n'était certainement pas une tisane. « Oui. C'était sa phase sauvage. Un sursaut de passion. Sauvage. Elle peignait avec des risques à l'époque.

« Que s'est-il passé ? » demanda Béatrice.

« Elle a appris à être prudente. »

Jules se pencha de l'autre côté de la vitre brisée. « Elle n'est pas partie. Elle est tout simplement immobile. Comme Monet en hiver. »

Evie, à proximité, se pencha vers Annabel. « Ils disent tous la même chose. Elle l'a perdu. »

Annabel regarda Elena tremper de nouveau son pinceau, sa main parfaitement stable.

Le tableau émergeait dans des tons de bleu et de gris doux - techniquement impeccables. Mais émotionnellement silencieux.

« Elle ne l'a pas perdu, » murmura Annabel. « Elle a atteint un plateau. »

Et aucune personne qui se disait artiste n'aimait l'admettre.

***

Le soleil tardif se déplaçait pendant qu'ils travaillaient, projetant de longues ombres déformées sur le sol moussu. La poussière scintillait dans l'air comme des confettis qui tombent lentement.

Annabel avait choisi une pierre près du mur, où elle pouvait dessiner une arche brisée dégoulinante de lierre.

Les vignes encadraient l'ouverture comme la nature essayant de recoudre les ruines.

Elle laissa son pinceau dériver. Traits doux. Lignes souples. Pas de pression. Cela faisait du... bien.

Perséphone avait disparu quelque part parmi les fougères qui poussaient hors du mur. Annabel espérait qu'elle ne chassait pas quoi que ce soit de sacré.

***

Au milieu de la séance, la main d'Elena s'arrêta. Seulement pour une seconde.

Elle appuya l'arrière de son poignet contre sa tempe, puis se pencha en avant comme pour attraper sa jarre d'eau – mais elle manqua. Ses doigts hésitèrent juste au-dessus de la boîte, puis se retirèrent.

Elle n'a regardé personne. Elle n'a pas parlé.

Claudia, à deux mètres de là, s'arrêta à mi-course. Elle n'a rien dit non plus. Mais son pinceau est resté suspendu dans les airs pendant un moment trop longtemps, comme si elle attendait d'entendre quelque chose qu'elle seule pouvait entendre.

***

Evie s'était perchée sur un morceau de pierre effondrée à proximité, esquissant une fenêtre à moitié finie comme si elle l'avait insultée personnellement.

« Elle n'a pas l'air bien, » murmura-t-elle.

Annabel leva les yeux.

Elena travaillait à nouveau, comme si de rien n'était, mais la posture d'Elena n'était pas normale avec ses épaules serrées et sa mâchoire contractée.

« Il fait chaud, » a dit Annabel. « Peut-être qu'elle est déshydratée. »

« Peut-être. » Evie fronça les sourcils. « Mais elle ne *boit pas.* Ou ne mange pas. Ou même ne cligne pas les yeux. »

« Peut-être qu'elle est juste concentrée. »

« Ou hantée. »

***

À la fin de la session, Basil a fait un circuit lent et murmuré, offrant des commentaires poétiques qui ressemblaient principalement à la logique d'un rêve botanique.

Jules était allongé sur le dos, chuchotant quelque chose sur la transcendance à un corbeau de passage.

Nell plia ses bagages en silence, essuyant la poussière de ses genoux avec de longs doigts délicats.

Béatrice versa le thé de son thermos et offrit un biscuit à Annabel. Il faisait encore chaud.

« Je ne pense pas qu'Elena restera durant toute la retraite, » dit-elle doucement.

Annabel regarda par-dessus. Elena pliait ses pinceaux avec une précision délicate. Chaque mouvement ralentit. Mesuré.

« Pourquoi pas ? »

Beatrice haussa les épaules. » Parce que quelqu'un qui est si étroitement remontée se casse ou disparaît. Et j'ai vu les deux. »

***

Perséphone émergea au bord de la chapelle, portant dans *sa bouche un* morceau de papier patiné parfaitement carré.

Elle le laissa tomber sur la chaussure d'Annabel comme une offrande. Ou un défi.

Annabel se pencha. Le bord était déchiré. Le papier était épais - de haute qualité - et marqué d'une légère tache de... l'ocre ?

Annabel l'a retourné.

Juste le coin d'un croquis. Un style qu'elle reconnaissait presque. Une signature qui a été coupée - juste *IV*...

Claudia se tenait à proximité, fermant son carnet de croquis.

Leurs yeux se rencontrèrent.

Et Claudia a souri – juste légèrement.

Ce n'était pas un beau sourire.

Chapitre 3

Le lac près de Larchwood était vitreux, vert et parfait.

Trop parfait.

Annabel était assise sur une couverture près du bord, un pinceau à la main, les yeux traçant les reflets de l'eau. Des libellules filaient à la surface comme si elles avaient un autre endroit où se trouver. Les arbres de l'autre rive se penchaient comme des vieilles femmes bavardes.

Perséphone se tenait sur le rivage et regardait dehors avec un dédain non-dissimulé.

Puis elle se retourna, fit trois pas dans le sable et creusa un trou furieusement, jetant de la terre sèche avec une précision agressive.

Evie regarda. « Elle s'ennuie déjà de l'esthétique. »

« Elle n'aime pas l'eau stagnante, » murmura Annabel.

« Elle te l'a dit, n'est-ce pas ? »

« De toute son âme. »

Perséphone termina ses fouilles, enterra une brindille comme si elle l'avait offensée et disparut dans les roseaux.

***

Le groupe s'était dispersé.

Basil avait déclaré que le site était « *une métaphore visuelle de l'honnêteté artistique,* » puis avait disparu derrière un saule avec une fiole de quelque chose qui sentait le regret.

Jules avait enlevé ses chaussures et peignait avec ses orteils.

Nell, en face de lui, dessinait tranquillement. Son cardigan du jour était bleu marine. Ses lunettes de soleil étaient de nouveau sur elle. Son expression était illisible.

Claudia était assise sous un arbre, peignant des roseaux avec une concentration obsessionnelle – chaque ligne était parfaite, clinique, presque froide.

Et Elena... était sur le quai.

Assise en tailleur, sa jarre d'eau à côté d'elle, son carnet de croquis en équilibre comme une offrande d'autel.

Sa peinture a pris forme rapidement - contours audacieux, lavis nets, ombrages précis.

C'était magnifique. Mais ça n'avait l'air de rien.

Puis son pinceau s'arrêta.

Elle cligna des yeux. Légèrement décalé. Sa main trembla pendant une seconde, pas beaucoup, mais assez.

Elle attrapa son pot... et l'a raté d'un pouce.

Claudia, sous l'arbre, s'arrêta de peindre en plein coup.

Annabel vit les deux.

Ni l'un ni l'autre ne dirent un mot.

***

Béatrice arriva, rebondissant légèrement sur le chemin, une boîte de conserve dans une main et une tasse de voyage dans l'autre.

« Muffins aux framboises, » a-t-elle appelé. « Fraîchement sorti du four. J'avais l'impression que quelqu'un pourrait avoir besoin de douceur aujourd'hui.

Evie se leva immédiatement. « Vous savez toujours. C'est soit de la sorcellerie, soit de l'intuition, et je respecte les deux. »

Bea a distribué des muffins comme pour la communion. Lorsqu'elle atteignit Elena, la peintre leva à peine les yeux.

« Non, merci, » dit doucement Elena, la voix distante, les yeux rivés sur l'eau.

Bea fronça légèrement les sourcils, mais continua son chemin.

***

Plus tard, pendant la pause, Jules s'est égaré pour « communier avec la réflexion ». (Evie traduit : « faire pipi derrière un arbre »). Il a laissé son kit sans surveillance.

Evie, naturellement curieuse, jeta un coup d'œil.

À l'intérieur, cachée sous des carnets de croquis, se trouvait une *petite boîte de conserve*, non étiquetée, mais avec une légère tache de *pigment orange rouille* autour du couvercle.

Perséphone réapparut *à ce moment précis*, assise derrière Evie comme un témoin spectral.

« Elle est menaçante, » a dit Evie en soulevant la boîte. « Vous voyez ça ? Elle le voit. Tout le monde voit ça. »

Annabel fronça les sourcils. « Ce n'est pas une couleur que Basil nous a donnée. »

« Peut-être du cadmium. Pourrait être mauvais. »

« N'accusons pas Jules de tentative d'empoisonnement. »

« Trop tard. J'ai nommé la boîte *Suspicious Spice*. »

Perséphone l'enleva doucement du bord du sac. Il a roulé vers Annabel, qui l'a attrapé en pleine rotation.

Elle regarda de nouveau la tâche. Quelque chose dans la texture ne semblait pas... tout à fait bien.

***

Alors que la session touchait à sa fin, Basil est apparu pour les appeler à une « réflexion communautaire ».

Seule la moitié du groupe a obéi. Elena est restée sur le quai. Annabel passa derrière elle sur le chemin de ses bagages.

Elle jeta un coup d'œil au tableau.

C'était de l'autre côté du lac – des arbres, de l'eau, de la pierre. Magnifiquement rendu. Mais la palette de couleurs n'était pas la bonne. Trop pâle. Ton décalé. Impassible.

Et... étrangement familier.

Annabel plissa les yeux.

Elle avait déjà vu quelque chose comme ça auparavant. Pas ici. Dans un livre. Un catalogue de galerie.

Par une autre artiste - Isolde Voss.

***

Perséphone trottait hors des arbres avec quelque chose qui pendait de sa bouche.

C'était un ruban bleu pâle, strié de peinture, effiloché à une extrémité.

Elle le laissa tomber soigneusement aux pieds de Claudia, puis s'assit et commença à nettoyer sa patte.

Claudia le regarda un instant de trop.

Puis, sans un mot, elle le ramassa, le plia et le glissa dans son carnet de croquis.

Annabel saisit l'instant – juste au moment où Claudia leva les yeux et croisa son regard.

Et a souri.

Pas un sourire amical.

Juste... *un sourire de connaissance.*

Chapitre 4

La grange sentait le vieux foin, la poussière et la pluie.

Annabel entra et comprit immédiatement pourquoi Basil l'avait appelé *« un cadre intime pour une observation concentrée »*.

Traduction : *courant d'air, sombre et plein d'ambiances.*

Le groupe est arrivé lentement, enlevant ses manteaux et secouant ses parapluies. La pluie tapait doucement contre les vieilles fenêtres. L'éclairage était doux et gris – le genre de lumière qui rendait tout un peu plus hanté qu'il ne devait l'être.

Evie déroula sa natte et plissa les yeux vers les chevrons. « Si une chauve-souris vole dans ma tasse d'eau, je le prends comme un signe pour changer de carrière. »

***

Perséphone avait déjà revendiqué la poutre la plus douteuse sur le plan structurel et était allongée en travers comme une gargouille avec des opinions.

Claudia a été la première à s'installer. Encore.

Elle a choisi le coin le plus éloigné – calme, dans l'ombre. Sa configuration était précise : pinceaux en ordre, palette propre, carnet de croquis non ouvert.

Elena est arrivée la dernière. Encore.

Elle avait l'air... Drainé. Pas seulement fatigué – *creux*. Comme quelqu'un qui peint par obligation, pas par obsession. Elle hocha vaguement la tête en direction de Basil, ignora complètement Jules et s'assit le plus près de la fenêtre.

Basil arpentait lentement le centre de la pièce comme un prêtre se préparant à une communion créative.

« Ici, nous éliminons les distractions de la nature pour répondre à la crudité de la forme, » a-t-il entonné.

Evie marmonna : « Ça a l'air d'être une façon élégante de dire 'mauvais éclairage'. »

***

La séance a commencé.

Annabel a travaillé sur une nature morte – un vase de fleurs sauvages laissé par quelqu'un d'optimiste. Elle regarda les autres se mettre tranquillement dans le rythme.

Sauf Claudia.

Elle ne peignait pas.

Elle était en train de... *mélanger.*

Ses mains bougeaient avec précision, doucement. Elle a gratté une *petite quantité de pigment* dans une boîte de conserve – qui ne figure pas sur la liste des matériaux de Basil – et l'a fait tourbillonner dans un pot d'eau séparé. Un ocre terne, comme des feuilles séchées et de l'amertume.

Elle trempa une bandelette de test, étudia la couleur, fronça les sourcils.

Puis elle rangea le pot derrière sa boîte, à peine hors de vue.

Annabel n'a rien dit.

Mais elle a noté l'action.

Et la distance entre le siège de Claudia et celui d'Elena.

***

La pluie s'épaissit. Les ombres s'approfondissaient.

Jules tenta quelque chose d'abstrait et de grand et jeta accidentellement un pigment rouge sur le papier de Nell. Elle n'a pas parlé – elle s'est simplement déplacée vers un autre banc.

Elena grimaça. Pas au désordre. Au bruit des éclaboussures.

Béatrice a distribué des biscuits chauds à l'avoine comme une séance de thérapie.

Perséphone descendit de son faisceau pour en accepter un, puis renifla la jarre d'eau de Claudia et siffla doucement.

Claudia l'éloigna doucement avec le dos de son carnet de croquis.

Pas en colère. Juste... ferme.

Evie regardait tout cela comme quelqu'un qui collectionne des secrets pour un jour de pluie.

***

À la fin de la séance, Annabel a aperçu la dernière pièce d'Elena.

C'était une nature morte du vase — parfaitement capturée. Ombres douces. Tiges précises. Pas un pétale déplacé.

Mais à côté, la version de Claudia était différente.

Moins littéral. Mais vivant.

Il y avait de l'énergie dans les coups. Mouvement. Une touche de couleur qu'Annabel n'avait pas vue dans la scène originale.

Et une pointe d'ocre dans l'ombre.

***

Alors qu'ils faisaient leurs bagages, Elena frôla Claudia avec son carnet de croquis sous son bras.

Ni l'un ni l'autre ne parlèrent.

Mais Claudia baissa les yeux et, pendant une fraction de seconde, sa main plana sur le pot qu'elle avait caché.

Juste assez longtemps pour que Perséphone saute sur le banc et place une patte directement sur le couvercle.

Claudia se figea. Puis elle a souri.

Seule Annabel l'a vu. Et ce n'était pas un sourire de joie.

C'était un sourire de *connaissance*.

Chapitre 5

Le pub du Lièvre et le limier avait assisté à toutes sortes de drames locaux : toasts de mariage, toasts funèbres, bagarres de football, divorces discrets et, une fois, une chèvre un mardi. Aujourd'hui, il a accueilli quelque chose de nouveau : des *artistes*.

Les épais murs de pierre du pub emprisonnaient l'odeur des pommes de terre rôties et des manteaux humides. Un feu crépitait dans l'âtre. Les habitants faisaient semblant de ne pas s'intéresser aux nouveaux arrivants, tout en inclinant légèrement leurs appareils auditifs et leurs théières vers la longue table près de la fenêtre.

Annabel, Evie et Perséphone ont pris la cabine du coin comme des habituées chevronnées. Perséphone sauta immédiatement sur le banc rembourré de rouge et se recroquevilla comme si elle avait réservé la table à son nom.

« Elle fait comme si elle était la propriétaire de l'endroit, » murmura Annabel.

« C'est probablement le cas, dit Evie. « Le vrai mystère dans ce village, c'est que personne n'a réalisé qu'elle était aux commandes. »

***

Les autres sont arrivés au compte-
gouttes.

Basil, l'écharpe plutôt sèche, s'empara
de la tête de la longue table et se lança
directement dans une anecdote sur
l'expressionnisme et l'éthique du fromage
de chèvre.

Jules et Nell étaient assis l'un en face
de l'autre, au milieu de la guerre froide,
Jules parlant plus fort que nécessaire et
Nell remuant son thé comme si c'était la
faute de la boisson si elle était ici.

Béatrice est arrivée avec une petite
boîte de pâtisserie, souriant
chaleureusement comme si rien au
monde ne pouvait la surprendre – pas

même cette foule étrange et atmosphérique.

Claudia arriva la dernière, les épaules légèrement voûtées, les cheveux agités par le vent. Elle scruta la pièce, repéra une chaise vide à l'extrémité de la table et s'y glissa sans un mot.

***

Les locaux étaient déjà là, bien sûr.

Colin Denby, dans son gilet de tweed habituel, tenait la cour au bar comme un homme qui attend qu'on lui demande de la sagesse.

Mrs. Broom avait pris place sur la table la plus proche de la cheminée avec une pile de livres de mots croisés et un visage à l'écoute.

Et Nora, de la librairie, perchée près de la fenêtre, sirotait un sherry avec la lenteur délibérée de quelqu'un qui ne veut pas manquer une seule syllabe.

Aucun d'entre eux n'a regardé quand les artistes sont entrés.

Mais chacun d'entre eux était absolument *à l'écoute.*

***

Annabel sirota son sirop de fleur de sureau, regardant tout cela se dérouler avec une intensité tranquille. Evie était à côté d'elle, déjà à mi-chemin de la carte des boissons – métaphoriquement, sinon physiquement.

« Dix livres que cela se termine soit par des larmes, soit par des coups de poing philosophiques, » a chuchoté Evie.

« Je parie sur des insultes cryptiques et quelqu'un qui sort en trombe avant le dessert. »

Perséphone s'étira ; Une patte drapait élégamment sur la table comme si elle attendait de commander du vin.

***

Le déjeuner est arrivé par vagues : des pâtés chinois, des plateaux de laboureur, un curry végétalien étrangement beige et *les célèbres tartelettes aux poires et aux noix de Beatrice*, qui ont été déballées et offertes comme des rouleaux sacrés.

« Je les ai apportés juste au cas où quelqu'un aurait besoin de se sentir ancré, » dit Béatrice, en plaçant soigneusement un devant Elena.

Elena cligna des yeux, regarda la tartelette comme si elle n'était pas tout à fait sûre de ce que c'était, et fit un léger sourire.

« Non, merci, » a-t-elle dit. Sa voix était douce. Ses mains étaient pâles.

Béatrice, sans se décourager, continua sa route.

« Elle ne va pas bien, » murmura-t-elle à Annabel et Evie en se glissant dans la cabine à côté d'elles. « Plus que fatigué, je dirais. »

« Elle a raté sa jarre d'eau tout à l'heure, » a déclaré Annabel. « Presque comme si elle ne pouvait pas le voir. »

« Ou oublié où c'était, » ajouta Evie en fronçant les sourcils.

« Un peu pâle, celle-là, » marmonna Colin depuis le bar. « Comme une bougie sur le point de s'éteindre. »

Mme Broom ne leva pas les yeux. « C'est une artiste, Colin. Ils *aiment* avoir l'air hantés. Cela donne l'impression que le travail est profond. »

« Je dis juste que les gens qui arrêtent de manger dans un pub sont généralement en train de mourir ou de mentir. »

Nora tourna délicatement une page de son petit bloc-notes. « Ou les deux. »

***

Non loin de là, Jules s'est lancé dans une histoire qui impliquait l'expression « *lignée émotionnelle de la théorie des couleurs* ».

Nell intervint ; voix plate. « Tu as dit qu'elle serait partie maintenant. »

Tout le monde à la table s'arrêta.

Jules rougit. « Je voulais dire parti comme dans... évolution. *Métaphoriquement.* »

Evie se pencha vers Annabel. « Est-ce qu'il vient d'admettre avoir programmé une disparition ? »

« Ne soyons pas trop meurtriers autour de la soupe. »

« Trop tard. »

***

Annabel ouvrit son sac pour attraper son carnet et trouva *la main d'Evie déjà dedans.*

« Je l'ai apporté, » dit Evie en sortant la boîte de pigments.

Perséphone s'assit immédiatement et *le regarda* comme s'il lui devait de l'argent.

Annabel retint son souffle. « Ici ? »

Evie haussa les épaules. « C'est juste une boîte de conserve. »

Béatrice se pencha plus près. « Puis-je ? »

Evie le lui passa. Perséphone a suivi le mouvement comme une arbitre de Wimbledon.

Bea tourna la boîte entre ses doigts. « Non. Pas de notre plateau. J'ai aidé Basil à préparer les kits - celui-ci est plus ancien. Certainement pas l'un des « stocks sûrs » ».

« Stock sûr ? » demanda Annabel.

« Vous savez, non toxique, de qualité étudiante, d'origine locale. Basil insista.

Celui-ci est... l'ajout personnel de quelqu'un. »

« Le tien ? »

Béatrice secoua la tête. « Je ne touche pas à ce ton. Rend les ombres trop boueuses. Et il s'écaille quand il sèche. »

Evie donna un coup de coude à Annabel. « Donc, ce n'est pas seulement laid. C'est dangereux. »

Perséphone le frappa une fois, puis posa une seule patte sur le couvercle.

***

Claudia se leva.

Elle n'avait pas parlé une seule fois de tout le déjeuner.

Alors qu'elle passait devant leur stand, Perséphone glissa du banc et se mit en travers de son chemin, avec quelque chose dans la bouche.

Un ruban bleu pâle. Strié de peinture. Effiloché.

Jules éleva la voix au sujet de l'harmonie des couleurs au moment où Nell posa sa fourchette et dit : « Arrête, je t'en prie. »

Colin se pencha vers Nora. « Ne faites jamais confiance à un homme en lin qui parle comme un thésaurus. »

Nora n'a pas répondu. Elle regardait Claudia, juste au moment où Perséphone posait le ruban sur le sol.

Claudia s'arrêta.

Ses yeux tombèrent sur le sol. Le ruban.

Puis ils se levèrent lentement à la rencontre de ceux d'Annabel.

Un long moment s'écoula.

Puis, doucement, comme si elle se parlait à elle-même, Claudia dit :

« Vous avez un bon œil. C'est dangereux dans un village comme celui-ci. Et puis elle est partie. »

***

Perséphone se recroquevilla dans la cabine.

Le ruban est resté là où il était tombé,
comme un murmure que quelqu'un
n'avait pas voulu entendre.

Chapitre 6

Les arbres se penchaient comme s'ils écoutaient.

Witch's Hollow n'apparaissait pas sur la plupart des cartes. Il fallait connaître le bon chemin depuis la haie nord, passer la pierre penchée avec la spirale sculptée, à travers deux champs et un fourré qui semblait n'avoir pas été traversé depuis cent ans.

Et puis soudain, les arbres se sont ouverts.

La clairière était immobile. Trop immobile.

La clairière avait un sol de mousse molle et des racines enchevêtrées comme des animaux endormis. Des fougères bordaient les bords.

Un cercle de vieilles pierres – pas tout à fait un cercle – étreignait le centre comme des chaises oubliées.

Pas de chant d'oiseau. Pas de vent. Juste la respiration.

Annabel resserra son écharpe.

Perséphone, déjà en avant, s'avança vers l'extrémité du creux avec l'air d'une créature retournant à l'endroit où elle avait régné dans une vie antérieure.

***

Ils avaient entendu parler de l'endroit au pub du Lièvre et le limier la nuit précédente – *presque par accident.*

Annabel n'avait mentionné le nom qu'une seule fois, et soudain, le pub était devenu étrangement silencieux.

Comme si quelqu'un avait mis le son en sourdine.

***

Au pub, la veille, Colin Denby, allaitant quelque chose de sombre et d'ancien dans un verre ébréché :

« Witch's Hollow, n'est-ce pas ? Je n'ai pas entendu ce nom prononcé à haute voix depuis un moment. C'est drôle comme le son disparaît là-bas. Des choses aussi.

Mme Broom, sans lever les yeux de son tricot : « Vous savez, quelqu'un a trouvé un épouvantail dans les arbres. Sens dessus dessous. Les enfants, peut-être. Ou pas.

Nora, tranquillement dans un coin, sherry à la main : « L'endroit a été nommé d'après une femme qui avait disparu. Pas de procès. Pas de corps. Juste une cabine vide avec la bouilloire encore chaude. Les gens ont cessé de promener leurs chiens de ce côté après cela. »

Perséphone, endormie sur le bar, ouvrit un œil. A regardé. Elle n'a pas cligné des yeux.

***

Maintenant, avec ses bottes humides et les arbres qui murmuraient au-dessus de sa tête, Annabel comprenait.

Ce n'était pas seulement un lieu.

C'était *une ambiance.*

***

« Où *est* tout le monde ? » demanda Evie en jetant un coup d'œil par-dessus son épaule. « N'étions-nous pas censés nous rencontrer ici, au creux ? »

« Ils sont derrière nous. Basil monologuait sur les textures de l'écorce.

« Je ne suis pas émotionnellement préparé à être assassiné par une métaphore. »

***

Claudia fut la première à arriver après eux. Elle entra dans la clairière comme si elle entrait dans une chapelle. Ses yeux se posèrent sur l'anneau de pierres. Elle choisit un siège de l'autre côté. Déballa ses pinceaux.

Il n'a pas parlé.

***

Jules et Nell apparurent ensuite, inhabituellement silencieux. Jules marmonna quelque chose à propos de « l'énergie rituelle » puis trébucha sur une racine.

Nell ne l'aida pas.

Béatrice le suivit, portant une flasque de thé épicé et une boîte de conserve qui tintait quand elle marchait.

« Biscuits aux figues et aux amandes. Pour la bravoure. »

Annabel en prit un avec gratitude.

« Où est Elena ? » a-t-elle demandé.

Béatrice regarda autour d'elle. « Elle n'était pas au petit-déjeuner. »

Jules fronça les sourcils. « Elle a dit qu'elle allait se promener avant les cours. Pour se vider la tête. »

Claudia ne leva pas les yeux.

« Elle va toujours se promener. »

***

Basil arriva le dernier. Rincé. Enthousiaste. Inconscient. Il battit des mains. « Laissez-vous guider par les arbres. Si vous ressentez quelque chose d'ancien... Peignez-le. »

Perséphone s'assit au milieu du cercle de pierres et bâilla.

***

Ils peignaient dans un silence presque total.

Même Evie ne parlait pas beaucoup.

Le calme s'installa comme une seconde peau. Les pensées avançaient plus lentement ici. Les couleurs semblaient plus riches. Annabel s'est retrouvée à peindre non pas ce qu'elle voyait, mais ce qu'elle *ressentait*.

Légume. Mémoire. L'absence d'oiseaux.

Mais plus ils peignaient... plus l'absence devenait évidente. Elena n'était pas seulement en retard. Elle était *partie*.

***

C'est Claudia qui l'a dit en premier, juste avant qu'ils ne commencent à faire leurs bagages.

« Quelqu'un a-t-il vérifié le chemin du retour ? »

Jules se leva. « Elle a dit qu'elle nous rencontrerait. »

Béatrice fronça les sourcils. « Elle ne manquait pas une séance. »

Annabel baissa les yeux sur sa palette.

L'une des couleurs – un bleu grisâtre doux – manquait. La poêle était mouillée. Récemment utilisé.

Evie s'accroupit, passant ses doigts dans la mousse.

Il y avait des empreintes de bottes.

Deux ensembles.

Menant à l'intérieur.

Aucun ne menait à l'extérieur.

Perséphone se leva lentement. Queue raide.

Elle se tourna vers la lisière des bois et siffla.

Chapitre 7

Le vent a tourné quelque temps après le déjeuner. Il descendit à travers les arbres de Witch's Hollow comme un soupir – bas, froid et plein de non-dits. Annabel le sentit effleurer sa peau et se demanda pourquoi les oiseaux n'étaient pas revenus.

Le groupe s'était attardé pendant près d'une heure après la remarque de Claudia. Ils avaient fouillé le chemin deux fois, fait le tour de la clairière, et même crié le nom d'Elena dans les arbres – une fois, à haute voix. Une fois, un peu effrayé.

Rien. Aucun signe d'elle. Pas de réponse.

***

Le temps qu'ils fassent leurs bagages et retournèrent au village, Witch's Hollow derrière eux semblait plus lourd. Comme si les arbres fermaient la porte.

Perséphone regardait sans cesse en arrière.

***

Le pub était plus calme que d'habitude au crépuscule. Quelques habitants ont levé les yeux lorsqu'ils sont entrés, puis ont rapidement détourné le regard – ce qui, à Firling, était l'équivalent d'un cri.

Mme Broom fut la première à le dire.

« Vous manquez une personne. »

Annabel hocha la tête. « Nous... je ne l'ai pas vue depuis ce matin. »

Colin, depuis son tabouret habituel :

« Un endroit comme celui-là vous avale tout entier s'il le veut. Je l'ai dit. »

Nora, derrière un livre : « Certains disparaissent par choix. Certains sur invitation. »

Evie a commandé du thé. Avec du whisky dedans.

Perséphone grimpa sur le bar et se coucha comme dans une miche de jugement félin.

***

Basil, l'air inhabituellement épuisé, essaya de les rassurer.

« Elle a déjà fait ça, » a-t-il dit. « Disparaît pour peindre en privé. Connectez-vous avec le paysage. Elena est une... *âme solitaire.* »

« Âme solitaire ou non, » dit doucement Béatrice, « elle a laissé son chaton. Et sa nourriture. »

« Et son manteau, ajouta Nell. « Elle porte toujours ce manteau. »

Cela a atterri comme une pierre au milieu de la table.

Evie revint du bar avec une deuxième tournée de « thé » et se laissa tomber sur le siège à côté d'Annabel.

« Elle est vraiment juste... parti, hein ? » murmura-t-elle. « Pas de note. Pas de manteau. Pas de drame. C'est presque pire. »

De l'autre côté de la pièce, Nora Greaves ferma son livre et se leva. Lentement. Soigneusement.

Elle passa devant leur table, puis s'arrêta juste assez longtemps pour poser son verre de sherry.

« Chose étrange à propos des disparitions, » dit-elle doucement, les yeux ne rencontrant pas tout à fait les leurs.

« C'est la facilité avec laquelle nous oublions qui *n'était pas là* quand elles se sont produites. »

Annabel se retourna. « Que voulez-vous dire ? »

Nora offrit un mince sourire.

« Vous avez tous cherché. Appelé. Inquiéter. »

Une pause.

« Je ne me souviens pas d'avoir entendu quelqu'un dire où *Claudia* était allée. »

Elle s'éloigna sans un mot de plus, le cardigan traînant comme une ponctuation.

Evie cligna des yeux.

« ... D'accord. C'était soit la chute de micro la plus douce de l'histoire, soit je dois relire toute ma vie. »

Annabel ne répondit pas.

Parce que soudainement... elle n'était pas sûre non plus de l'endroit où Claudia avait été.

***

La lumière était devenue grise et immobile à Honeystone Cottage.

Annabel était assise, son carnet de croquis ouvert mais intact, Perséphone recroquevillée contre son flanc comme une ombre avec de la fourrure.

Evie est revenue de la cuisine avec des tasses et des nouvelles.

« Jules lui a envoyé un message. Pas de réponse. »

« A-t-elle laissé quelque chose au Creux ? » demanda Annabel.

« Personne ne l'a vue lâcher quoi que ce soit. Mais... » Evie hésita. « Basil a dit qu'il y avait un morceau de papier plié dans sa palette. Il ne l'a pas ouvert. Je pensais que c'était une image de référence ou quelque chose comme ça. »

Annabel se leva immédiatement.

***

Tous deux revinrent sous la lumière déclinante à Witch's Hollow.

Evie marmonnait à propos de la logique d'un film d'horreur et de mourir la première, mais les pas d'Annabel étaient certains.

Ils trouvèrent l'endroit où Elena avait peint. Sa palette était toujours là, cachée sous un rocher pour le poids. Quelques feuilles s'y étaient déposées.

Annabel les écarta.

Là, soigneusement plié, se trouvait un morceau de papier épais – épais, filigrané, du genre de ceux que les vrais artistes utilisaient.

Elle l'a déplié.

Pas de peinture.

Juste quelques mots, griffonnés d'une main en boucle et inconnue :

« *J'ai trouvé la vérité. Mais pas là où je pensais qu'elle était.* »

***

Perséphone, qui les avait suivis sans bruit, regardait dans les arbres.

Une seconde plus tard, elle laissa échapper le grognement le plus doux qu'Annabel ne l'ait jamais entendu faire.

Evie expira lentement. « Ce n'est pas idéal. »

Chapitre 8

Le studio n'avait rien à voir avec ce à quoi Annabel s'attendait.

Elle avait imaginé quelque chose de grandiose – tout en hauts plafonds, en lumière et en ambiance. Peut-être des toiles adossées aux murs, l'odeur de la térébenthine dans l'air.

Mais l'espace au-dessus de la boulangerie était *petit, épuré et étrangement calme.*

Le propriétaire avait donné à Basil la clé de rechange quand Elena n'est pas revenue. « Pour des raisons de sécurité, » avait-il dit, mais il n'avait pas posé trop de questions.

Basil était censé venir. Il ne l'avait pas fait.

Annabel n'a pas attendu.

***

L'escalier grinça sous ses bottes. Perséphone s'avançait, la queue haute, comme si elle avait loué l'endroit la semaine dernière et qu'elle ne faisait que prendre des nouvelles.

Annabel hésita en haut.

La porte s'ouvrit dans un murmure.

La pièce à l'intérieur était calme.

***

La lumière naturelle filtrée à travers une lucarne. Les murs étaient peints en gris pâle et le mobilier était minimal – un tabouret, une table étroite, une chaise avec un manteau encore drapé dessus.

Le manteau d'Elena.

Annabel entra.

Ça sentait légèrement les agrumes et quelque chose de plus ancien. Pas de peinture. Quelque chose... sec.

La chambre était propre. Trop propre.

***

Des toiles penchées dans un coin. Pas des dizaines, juste quatre.

Trois d'entre eux étaient terminés.

L'un d'eux était recouvert d'un tissu.

Elle s'avança vers eux, lentement. Perséphone renifla les bords d'une caisse et éternua une fois, dédaigneusement.

***

Les trois premières peintures étaient... bien.

Beau, même.

Scènes douces. Reflets du lac. Une prairie de fleurs sauvages. Les ruines de la chapelle.

Mais... encore... pas d'incendie. Aucune sensation.

Les coups de pinceau étaient lisses et délibérés. Contrôlé. *Contenus.*

Le cœur d'Annabel s'est mis à battre plus vite, non pas à cause de ce qu'elle a vu, mais à cause de ce qu'*elle n'a pas vu.*

Il n'y avait *pas de carnet de croquis.*

Pas de vignettes. Pas de tests de couleur.

Pas de palette ouverte.

Pas de tasse à café.

Pas de gâchis.

Et les artistes étaient *désordonnés.*

***

Elle retira le tissu de la toile finale.

C'était inachevé.

Pas à moitié fait, mais *arrêté.* Comme si le peintre s'était arrêté au milieu de ses pensées.

Lignes sombres. Une silhouette. Une clairière.

Witch's Hollow.

Les doigts d'Annabel se recourbèrent légèrement sur ses côtés.

Cette peinture était différente.

Comme s'il avait *commencé à dire quelque chose de réel.*

***

Elle se retourna, soudain refroidie.

Perséphone regardait fixement une commode près de la fenêtre, silencieuse et raide, la queue basse.

Annabel s'approcha.

Il y avait une tache de quelque chose sur la poignée. Pigment sec ?

Elle l'ouvrit.

À l'intérieur : carnets de croquis. Six d'entre eux.

Empilé. Scellé avec un élastique.

Elle a sorti celui du haut, l'a ouvert et a haleté.

***

Les croquis étaient plus précis. Audacieux. *Intrépides.*

Mais pas inconnu.

Ceux-ci étaient similaires au style qu'Elena avait utilisé *lorsqu'elle était devenue célèbre.*

À l'époque où les gens disaient qu'elle peignait comme l'éclair sur du papier. À l'époque où son travail avait du *mordant.*

Annabel tourna la page. Une autre esquisse – du lierre tordu sur de la pierre, esquissée à l'encre et ombragée dans de l'ombre brûlée. Les lignes se déplaçaient. Osaient.

Elle se souvint du fragment que Perséphone lui avait apporté il y a quelques jours.

Elle vérifia le coin.

Il était là, signé, faiblement :

«I. V.»

Les doigts d'Annabel se resserrèrent sur le bord de la page.

Quoi que ce soit...

Cela n'avait pas commencé avec Elena.

***

Un bruit doux derrière elle.

Pas bruyant. Juste... un changement.

Elle se retourna. Il n'y avait personne.

Mais le manteau de la chaise – celui qu'Elena portait toujours – était tombé sur le sol.

***

Perséphone grogna.

Chapitre 9

Annabel ne dormait pas.

Elle essaya – à deux reprises – de se blottir sous sa couette tandis que Perséphone montait la garde sur le rebord de la fenêtre comme une gargouille avec des opinions. Mais son esprit tournait trop vite.

Le carnet de croquis était toujours posé sur son bureau, la reliure fissurée, les coins effilochés. Elle ne l'avait pas rouvert.

Pas encore.

***

Au matin, le ciel était pâle et embué. La pluie embuait le jardin comme un secret. Les échinacées semblaient fatiguées. Les fleurs Suzanne aux yeux noirs avaient cessé d'atteindre la lumière.

Evie s'est promenée dans la cuisine portant deux chaussettes différentes et sans remords.

« Tu fais une grimace de meurtrier, » dit-elle en attrapant un toast. « Dis-moi tout. »

Annabel lui raconta.

À propos du studio.

Les peintures.

Le *style.*

La signature.

Evie écouta. Calme pour une fois.

Son toast n'a pas été touché.

Quand Annabel a fini, elle s'est penchée en arrière et a dit : « Tu te rends compte de ce que cela signifie, n'est-ce pas ? »

« Qu'Elena a copié quelqu'un ? »

« Qu'Elena *n'a jamais été l'artiste que nous pensions qu'elle était.* »

Une longue pause.

Perséphone cligna lentement des yeux. Elle le savait déjà.

***

Annabel se leva et ouvrit à nouveau le carnet de croquis.

Elle passa par-dessus la reliure qui s'effritait jusqu'à la page suivante. Voilà un portrait. Pas terminé. Mais Annabel reconnut la courbe de la joue, les yeux perçants.

Elena.

Dessiné non pas comme une amie.

Pas en tant que pair.

Mais comme *un sujet.*

Observé. Étudié.

Peut-être... revendiqué.

***

Evie fronça les sourcils. « C'est pourquoi Claudia la surveillait toujours. »

« Elle a reconnu le travail. »

Annabel ne répondit pas. Elle n'avait pas à le faire.

***

Le coup est venu en milieu de matinée.

Mou. Précis. Deux tapotements.

Annabel ouvrit la porte à Claudia.

Cheveux humides de la brume. Un carnet de croquis sous un bras. Pas de sourire.

« J'ai besoin de vous parler, » a-t-elle dit. « En privé. »

***

Evie se leva. « Non. Nous n'en faisons pas *seuls dans les scènes de brouillard de meurtre* aujourd'hui. »

Le regard de Claudia se posa sur elle, sans amusement.

« Il ne s'agit pas d'Elena, » a-t-elle dit.

C'était, bien sûr, un mensonge.

***

Annabel hésita. Puis elle s'écarta.

Claudia entra, se mouva comme de la fumée et s'installa dans la chaise la plus proche du feu. Elle avait l'air fatiguée.

Pas de manière dramatique, mais juste usée sur les bords. Comme si quelque chose qu'elle portait était enfin en train de creuser à travers le tissu. Elle n'a pas parlé tout de suite.

Perséphone était assise sur l'âtre. Attentive.

***

Finalement, Claudia ouvrit son carnet de croquis.

Sur la première page : un dessin. Une chapelle. Pierre et lierre. Des ombres qui saignaient sur le papier comme des regrets.

Annabel retint son souffle.

Il était presque identique à celui qu'elle avait trouvé dans le studio. Mais celui-ci était signé.

Clairement.

« Isolde Voss. »

Claudia ferma le livre.

« Ma mère l'a dessiné en 1986. Elena a pris le croquis. Elle l'a peint. Elle l'a inscrit à un concours. Et a gagné. »

Sa voix ne tremblait pas. Mais ses mains l'ont fait.

« Elle a dit qu'elles avaient collaboré. Mais personne n'a jamais vu le croquis original. »

***

Evie s'appuya contre le comptoir de la cuisine. « Alors, vous êtes venu ici pour quoi - lui faire peur ? L'exposer ? »

Claudia croisa son regard. « Je suis venu ici pour assister à *son anéantissement.* C'était assez. »

Annabel sentit quelque chose se tordre à l'intérieur.

« Mais elle a disparu, » dit-elle doucement.

Claudia n'a pas cligné des yeux.

« Je sais. »

***

Un long silence.

Puis Claudia se leva.

« Elle était malade avant d'arriver, » a-t-elle dit. « Je n'avais rien à faire. »

Et sur ce, elle est partie.

*****

La porte se referma.

Perséphone siffla – pas fort. Juste un peu. Comme une ponctuation.

Evie regarda Annabel.

« Eh bien, » a-t-elle dit, « je suppose que nous en faisons *définitivement* partie maintenant. »

Annabel ne dit rien.

Mais elle ouvrit le carnet de croquis une fois de plus.

Et elle a tourné la page.

Chapitre 10

Il a plu toute la nuit.

Pas une tempête – juste le genre d'averse régulière et chuchotante qui rendait tout étouffé et vieux.

Au matin, le monde à l'extérieur du chalet était gris et humide. Le jardin avait l'air meurtri. La terre sentait les secrets.

Annabel était assise à la table de la cuisine, Perséphone recroquevillée à côté d'elle, esquissant des spirales distraites sur une page déjà trop pleine de pensées.

Evie posa une tasse à côté d'elle et a dit : « C'est commencé. »

Annabel leva les yeux. « Quoi ? »

Evie leva un sourcil.

« L'effondrement. »

***

Basil avait changé la séance de la journée à l'intérieur de la salle des fêtes. Le temps, a-t-il affirmé, n'était pas « artistiquement généreux ». En vérité, tout le monde avait l'air ébranlé.

Même l'écharpe de Basil était inégale. C'était un signe.

***

Béatrice apporta un plateau de muffins à la confiture et garda sa voix calme. Mais elle n'arrêtait pas de jeter un coup d'œil à la porte – et pas d'une manière pleine d'espoir.

Jules faisait les cents pas.

Nell garda le silence.

Claudia était assise dans un coin, son carnet de croquis ouvert, le dos parfaitement droit.

Basil n'arrêtait pas de vérifier son téléphone.

Personne n'a prononcé le nom d'Elena.

***

Puis Jules s'est effondré.

« Je me fiche de ce que les gens disent, » a-t-il rétorqué. « Quelqu'un sait ce qui lui est arrivé. »

La pièce s'est figée.

« Les gens ne disparaissent pas tout simplement, » a-t-il poursuivi, la voix s'élevant. « Pas sans planification. Pas sans aide. Ou... ou *mobile*. »

Il regarda Claudia droit dans les yeux.

***

Annabel sentit son estomac se nouer.

Evie ne bougea pas.

Claudia n'a pas cligné des yeux.

« Je sais ce que vous pensez, » dit Jules. « Nous le savons tous. Les potins de la galerie. Les chuchotements. Vous n'avez rien dit jusqu'à ce qu'elle disparaisse. »

La voix de Claudia était silencieuse.

« Je n'ai rien dit parce que ce n'était pas le bon moment. »

Béatrice parla doucement. « Mais cela l'est maintenant ? »

Claudia leva les yeux.

« Elle est partie. Et *vous continuez tous à prétendre que* son art signifiait quelque chose. »

***

Un long silence.

Perséphone, perchée sur le rebord de la fenêtre, grondait.

***

Nell, pour la première fois, prit la parole.

« Elle m'a dit une fois, » dit-elle lentement, « que ses mains cessaient de l'écouter. »

Tout le monde s'est retourné.

« Je pensais que c'était juste une métaphore. Mais peut-être... Peut-être savait-elle que quelque chose n'allait pas. »

Jules marmonna : « Elle savait qu'elle était en train de le perdre. »

Basil se leva soudain.

« C'est assez. »

Sa voix résonnait.

« Elle était toujours aussi brillante. Toujours en activité. Elle avait besoin de temps. Pas de jugement. »

« Alors, pourquoi n'avez-vous pas *dit* qu'elle était malade ? » a demandé Evie.

La bouche de Basil s'ouvrit. S'est fermé.

Pas de réponse.

***

Annabel se leva. Tranquillement. Soigneusement.

« Je suis allée dans son studio, » a-t-
elle dit.

La pièce s'est retournée.

« J'ai trouvé son manteau. Sa peinture
inachevée. Un carnet de croquis avec le
nom de quelqu'un d'autre dessus. »

Claudia ne dit rien.

Béatrice murmura : « À qui
s'appartient-t-il ? »

Annabel baissa les yeux sur son
carnet.

Puis revenez en arrière.

« *Isolde Voss.* »

Nell haleta.

Jules avait l'air malade.

Et Claudia finit par parler. « Elle ne méritait pas ce nom. Pas après ce qu'elle a fait. »

***

Personne n'a bougé.

Dehors, la pluie tombait plus fort.

Perséphone sauta du rebord et trotta à côté d'Annabel, la queue raide, les oreilles en avant.

Chapitre 11

Elles retournèrent à Witch's Hollow avant tout le monde.

Pas de séance de groupe aujourd'hui — Basil avait « suspendu tout rassemblement créatif » jusqu'à ce qu'Elena soit « localisée ou pleurée ».

Annabel n'était prête ni pour l'un ni pour l'autre.

Witch's Hollow était plus calme qu'avant. Le genre de calme qui pressait contre la peau.

Perséphone marchait devant, la queue haute, les oreilles tremblantes. Elle n'a pas hésité, elle s'est simplement déplacée, déterminée, vers le bord nord de la clairière.

Annabel le suivit.

Evie marmonna derrière elle : « Si elle nous conduit à un corps, je lui fais porter une clochette. »

***

Ils atteignirent un amas de pierres moussues enchevêtrées dans le lierre.

Perséphone s'arrêta.

Elle s'est assise.

Elle regarda.

Les yeux d'Annabel suivirent les siens.

Et puis ont vu *la lueur.*

Quelque chose de métallique. À moitié enterré sous les racines.

Elle s'accroupit et l'écarta – doucement, soigneusement.

Une petite boîte en argent, carrée, ornée, froide.

Evie s'approcha.

« Qu'est-ce qu'il y a ? »

Annabel l'ouvrit.

A l'intérieur : *une broche.*

Simple. Élégante. Une petite peinture sur émail au centre — une chapelle enveloppée de lierre.

Les doigts d'Annabel picotèrent.

C'était la *même scène* que celle du fragment de croquis.

Le *même style de pinceau.*

Mais pas celui d'Elena.

Au dos : une faible gravure.

Usée, mais toujours visible.

« *À I.V., avec révérence. — E.* »

***

Annabel resta très silencieuse.

Evie la regarda. « Alors, Elena savait. Elle *savait.* »

« Elle a gardé ça. » La voix d'Annabel était mince. « Elle l'a enterré. »

« Ou quelqu'un *l'a enterré pour elle.* »

Ils levèrent tous les deux les yeux vers les arbres.

Rien ne bougea.

Mais elles avaient l'impression que quelque chose était à proximité.

***

De retour au chalet, le feu était faible et le brouillard était revenu.

Annabel était assise à la table de la cuisine, les objets disposés devant elle comme des accusations silencieuses.

La broche.

L'étain pigmentaire.

Le fragment d'esquisse.

La note.

Le carnet de croquis.

Evie plaça une tasse de quelque chose de noir et d'épicée à la cannelle devant elle.

« Tu fais la grimace du détective, » a-t-elle dit.

Annabel ne leva pas les yeux.

Evie s'assit en face d'elle, croisa les bras et dit : « Allons-y à fond, Miss Marple. »

***

Annabel hocha lentement la tête. « Nous savons qu'Elena était au courant d'Isolde. Cette broche n'est pas un vol. C'est une... *révérence.* »

« Culpabilité, » a dit Evie. « Ou l'adoration. Ou les deux. »

« Elle l'admirait. Peut-être même qu'elle aimait son travail. Mais elle l'a quand même pris. Elle l'a utilisé. »

« Peu importe ce que vous ressentez si votre nom se retrouve au musée et que le sien ne se retrouve pas. »

***

Perséphone poussa la boîte de pigments de la table.

Evie l'attrapa en plein vol. « Cette boîte me fait toujours peur. Mais peut-être que ce n'est pas du poison. »

Annabel cligna des yeux. « Et alors ? »

« Peut-être que c'est un leurre. Planté. Ou quelque chose de plus ancien qui n'a jamais été destiné à être retrouvé. »

Annabel ouvrit le carnet de croquis. Le portrait. Les yeux d'Elena. Le coup de pinceau comme une accusation.

« Elle a été empoisonnée, Evie. Ou quelque chose de proche. Et je ne pense pas que Claudia l'ait fait. »

Evie se pencha. « Alors qui ? »

***

Une pause.

Puis, doucement : « Quelqu'un qui n'est pas dans la pièce. »

Les yeux d'Evie se plissèrent.
« Comme... un réparateur d'héritage ? »

Annabel hocha la tête.

« Quelqu'un qui *gère l'histoire.* Il ne s'agit pas seulement de cacher le passé, mais de le *nettoyer.* »

***

Perséphone sauta sur la table et se planta directement sur le carnet de croquis.

Elle a donné un coup de queue une fois, de manière décisive.

Evie murmura : « La chatte dit que l'affaire est toujours ouverte. »

***

Annabel a écrit une seule phrase en haut de son carnet : *Nous ne sommes pas seuls dans cette histoire.*

Elle la regarda longuement.

Puis elle murmura :

« Et ils n'ont pas encore terminé. »

Chapitre 12

La librairie n'avait pas de cloche.

Il n'en avait pas besoin.

Nora savait toujours quand quelqu'un entrait.

Annabel eut à peine le temps de refermer la porte derrière elle qu'elle entendit :

« Vous êtes venue chercher des noms. »

***

Nora se tenait derrière la caisse, rangeant les marque-pages comme s'il s'agissait de cartes de tarot.

Elle leva les yeux, sereine comme toujours, et ajouta : « À la fin, ce sont toujours des noms. Même quand les gens pensent qu'ils courent après la vérité. »

Annabel cligna des yeux. « Je n'ai pas... »

« Je sais. »

Nora sourit.

***

Perséphone se glissa derrière elle et sauta silencieusement sur une étagère de romans gothiques, projetant *Les Hauts de Hurlevent sur le* côté sans l'ombre d'un remords.

***

Annabel se déplaça lentement dans la boutique, passant devant des poèmes et des mémoires et une table étiquetée *« Lire avec regret ».*

« Je voulais demander, a-t-elle dit, sur... Isolde Voss. »

Nora n'a pas bronché.

« J'avais peur de ça. »

***

Le silence s'enroulait comme un brouillard.

Annabel n'a pas insisté. Elle a juste attendu.

Finalement, Nora hocha la tête en direction du coin lecture près de la fenêtre. Un fauteuil bas. Une table avec des anneaux à thé. Une ombre.

« Elle était extraordinaire, » a-t-elle dit. » Féroce. Tranquillement furieuse. »

« Vous la connaissiez ? »

« Je l'ai regardée une fois, » a déclaré Nora. « Elle a dessiné le même clocher d'église tous les jours pendant une semaine. À chaque fois sous un angle différent. Mais le lierre n'a jamais changé. »

« Elle n'est dans aucun des registres d'artistes. »

« Elle ne le serait pas. »

Annabel hésita. « A-t-elle vécu ici ? »

« Non. Mais le chagrin voyage. Les gens le suivent comme un sentier. »

***

Nora passa la main sous le comptoir et posa un livre.

Pas un titre.

Un carnet.

Relié en cuir. Vierge à l'extérieur.

« Elle a laissé ça à quelqu'un. Pas moi. »

« Qui ? »

« Elle m'a dit d'attendre que quelqu'un pose les bonnes questions. »

***

Annabel l'attrapa.

Nora posa une main sur le dessus.

« Vous n'êtes pas la seule à demander. »

***

Annabel sentit un picotement à l'arrière de son cou.

S'est retournée.

Il n'y avait personne.

Juste le doux bruissement des pages.

***

Dehors, de l'autre côté de la rue, une silhouette en manteau sombre se déplaçait derrière la vitre de la vitrine du salon de thé.

En ne leur faisant pas face.

Mais en leur regardant.

***

Perséphone sauta à terre, frôla les jambes de Nora et grogna.

D'un son bas.

Et longtemps.

Chapitre 13

Annabel attendit la nuit pour ouvrir le carnet.

Pas par peur. Par respect.

Le feu était faible. Le thé était devenu froid. Perséphone s'était recroquevillée comme une virgule à côté d'elle, la queue se contractant doucement dans son sommeil.

Evie était assise en face d'elle, les bras croisés, regardant comme si elle attendait un sort pour se retourner contre elle. « Prêt à invoquer ton artiste fantôme ? » demanda-t-elle.

Annabel n'a pas souri. Elle ouvrit le couvert.

***

Il n'y avait pas de nom. Pas de date.

Mais la première page avait un dessin.

Une arche. Envahie. Précise et délicate.

En dessous, une phrase dans une écriture en boucle :

« *La vérité porte rarement sur ce qui s'est passé. Il s'agit de savoir qui s'en souvient.*

***

Elles tournaient page après page. Des croquis. Des notes.

Des bouts de poèmes.

Des tests de couleurs.

Tout cela était à ... *Isolde.*

Mais vers l'arrière, les pages ont changé.

L'écriture a changé.

Le ton s'est *refroidi.*

« Elle a essayé de lui donner une porte de sortie. »

« Elena a dit qu'elle l'avait « mérité ». »

« Elle ne comprenait pas que le talent n'est pas une chose que l'on prend. C'est une chose qui se brise quand vous la touchez. »

***

Evie murmura : « Ce ne sont plus ceux d'Isolde. »

Annabel hocha la tête.

« C'est quelqu'un *qui écrit sur elle.* Après coup.

« Qui ? »

« Aucune idée. »

Elles atteignirent la dernière page.

Rien qu'une citation, griffonnée avec force :

« Je l'ai aimée autrefois. Mais j'aimais ce en quoi elle croyait plus que tout. »

***

Le coup est venu juste après minuit.

Trois coups doux.

Pas pressé. Pas poli.

Juste... délibérés.

Annabel et Evie échangèrent un regard.

Perséphone se leva ; la queue gonflée comme un plumeau plein de secrets.

***

À la porte : une petite enveloppe brune.

Pas de timbre. Pas d'adresse.

Un seul mot : « *Arrêtez* ».

***

Ravi Rajneat, le maître de poste, était en train de les saluer lorsqu'elles sont entrées dans le bureau de poste le lendemain matin.

« Ne demandez pas pourquoi je suis toujours caféiné, je ne sais même pas, » a-t-il déclaré. » OH, aussi - *chose étrange.* Vous êtes prêtes ? »

Evie s'appuya sur le comptoir. « Toujours. »

Ravi sortit un carnet de colis, feuilleta quelques pages et tapa une ligne.

« Une boîte de pigments a été livrée ici deux semaines avant la retraite. Pas d'adresse de retour. Pas de nom. Juste les initiales : *'I. V.'* »

Annabel sentit son estomac se nouer.

Ravi a ajouté : « Je n'étais pas censé l'enregistrer. Elena m'a demandé de... Vous savez... oublions qu'il existait. »

« Avez-vous vu qui l'a laissée ? »

« Non. Mais... »

Il s'arrêta. Fronça les sourcils. Vérifia une autre ligne de transaction.

« Attendez. C'est bizarre. »

« Quoi ? »

« Il y a eu *un autre colis.* La semaine dernière. Même écriture. Destinataire différent. »

« Qui ? »

Ravi tourna le livre vers eux.

Un seul nom. Écrit de la même main en boucle et inconnue.

Claudia Voss.

Chapitre 14

La porte du studio était entrouverte.

Juste un peu.

Assez pour que l'air du matin puisse s'infiltrer.

Assez pour qu'Annabel s'arrête à mi-chemin et sente tout son corps se figer.

« J'ai fermé cette porte à clé, » murmura-t-elle.

Evie, derrière elle, ne parlait pas.

Elle s'avança lentement.

Perséphone se glissa devant eux comme une ombre avec une mission.

***

À l'intérieur, l'espace semblait intact
– *au début.*

La même lumière pâle.

Le même calme.

Le même frisson.

Mais ensuite, le manteau qui était sur
la chaise avait disparu.

La dernière toile – celle inachevée de
Witch's Hollow – avait été retournée.

Et le *tiroir où Annabel avait trouvé
les carnets de croquis... était vide.*

***

Evie s'accroupit à côté.

« Partis. Tous. »

Annabel resta immobile, scrutant la pièce.

L'étain pigmentaire.

La broche.

L'enveloppe.

Tout *était encore à Honeystone Cottage.*

Il ne s'agissait pas de supprimer les preuves.

Il s'agissait de *supprimer le mobile.*

***

Une seule feuille de papier a été laissée dans le tiroir.

Pliée.

Evie l'ouvrit avec précaution.

Un mot. Encré noir. Tranchant.

Presque en colère.

« *Assez* ».

***

Perséphone était déjà près du rebord
de la fenêtre.

Elle donna une patte sur le rebord.

Annabel suivit son regard.

À l'extérieur : une *empreinte*.

À peine visible. Peu profonde.

Quelqu'un s'était tenu là.

A regardé.

Puis s'est éloigné.

***

Evie expira, lente et furieuse.

« Ils sont en train de nettoyer. »

Annabel hocha la tête. « Et de plus en plus audacieux. »

« Ils ont pris les carnets de croquis. »

« Parce qu'ils ont peur de ce qu'il y a à l'intérieur. »

« Non, » a dit Evie doucement.

« Ils ont peur *que tu mettes tout cela ensemble.* »

***

La main d'Annabel plana au-dessus du tiroir. Vide maintenant. Trop silencieux.

« Ils veulent que l'histoire reste incomplète, » murmura-t-elle.

***

Elle se leva soudainement.

Evie cligna des yeux. « Où vas-tu ? »

Annabel attrapait déjà son manteau.

« Trouver quelqu'un qui pourrait savoir ce qu'il était censé dire. »

Chapitre 15

Béatrice était seule dans le salon de thé, les manches retroussées, essuyant les comptoirs même s'ils étaient déjà propres.

Il y avait un plateau de biscuits au citron intacts sur la table.

Elle leva les yeux quand Annabel entra.

Pause.

Puis elle soupira.

« Je me demandais quand tu viendrais. »

***

Elles se sont assises près de la fenêtre.

Dehors, le ciel était de ce doux gris doré qui précédait l'orage.

À l'intérieur, le silence était plus lourd que l'air.

***

Béatrice ne parla pas d'abord. Elle versa juste du thé.

Elle n'a pas demandé si Annabel en voulait.

Elle *savait, tout simplement.*

Puis elle a dit :

« Je savais qu'Elena n'allait pas bien. Avant que tout cela ne commence. »

Annabel cligna des yeux. « Comment ? »

Béatrice hésita, puis parla lentement.

« Nous nous étions déjà croisés lors de retraites, » a-t-elle dit doucement. « Toujours professionnellement. Mais il y a eu un moment – après une critique particulièrement sévère – où elle m'a demandé de m'asseoir avec elle. Juste pour un instant. Elle a dit que j'avais un visage apaisant. »

« Elle est revenue me voir il y a quelques mois. Elle m'a demandé si je n'avais jamais... entendu parler d'une personne nommée Isolde Voss. »

***

Annabel se figea.

Béatrice continua, d'une voix douce :

« J'ai dit non. Pas au début. Mais le nom me semblait familier. Comme quelque chose que j'avais entendu une fois – une conversation dans une galerie, il y a des années. »

« Elena avait l'air... secouée. Elle a dit que quelqu'un la contactait. Envoi de vieux croquis. Lui rappelant un travail qu'elle n'avait pas touché depuis des décennies. »

« Elle m'a demandé si elle devait avoir peur. »

Annabel se pencha en avant. « Et qu'est-ce que tu lui as dit ? »

Béatrice baissa les yeux sur son thé.

« Je lui ai dit oui. »

Il y eut une longue pause. Le genre qui donne l'impression de retenir plus que le silence.

Puis Annabel demanda : « Pourquoi n'as-tu rien dit avant ? »

Béatrice croisa enfin son regard.

« Parce que je n'étais pas sûre de savoir à qui le message était destiné. »

Elena... ou quelqu'un d'autre qui écoutait encore. »

Elle hésita de nouveau. Puis elle ajouta :

« Elena s'effilochait sur les bords bien avant de venir ici.

Elle essayait de diriger la salle. Mais elle gardait toujours une main serrée dans sa poche.

Comme si elle avait peur que quelque chose tomberait. »

« Et quand elle m'a posé des questions sur Isolde...

Ce n'était pas seulement de la peur.

C'était de *la reconnaissance.* »

Chapitre 16

Le chalet était calme, à l'exception du vent qui chuchotait devant les fenêtres.

Annabel s'assit à la table, les mains posées sur un morceau de papier plié.

Ce n'est pas nouveau.

Pas inconnu.

Enfin, *prêt à être lu correctement.*

La note d'Elena.

J'ai trouvé la vérité. Mais pas là où je pensais qu'elle était.

La première fois qu'elle l'avait lu ; Annabel avait ressenti de la confusion. Les mots m'avaient semblé énigmatiques, à demi prononcés, comme quelque chose griffonné au milieu d'une pensée. Mais maintenant, après tout – après les carnets de croquis, après la boîte de pigments, après la confession de Béatrice – c'était différent.

Pas comme un avertissement.

Plutôt comme un au revoir.

Ou une confession.

La voix de Béatrice résonna dans son esprit :

Elle n'avait pas peur d'être attrapée.

Elle craignait que quelqu'un ne s'en souvienne.

Annabel déplia à nouveau le papier et le posa sur la table, à côté des autres fragments qu'elle avait rassemblés. L'étiquette du colis que Ravi lui avait permis de photographier. Un scan imprimé de l'une des pages du carnet de croquis. Et la note courte et tranchante qu'ils avaient trouvée dans le tiroir vide du studio.

Un seul mot à l'encre noire et en gras.

Assez.

Elle se pencha en avant, laissant ses yeux dériver sur chacun d'eux. Ils étaient tous écrits à la main. Tous différents dans le ton. Mais ils n'avaient pas l'impression d'être à quatre voix distinctes. Juste... Deux.

L'étiquette du colis et l'écriture de la seconde moitié du carnet de croquis avaient la même inclinaison délibérée. La même pression dans les traits, la même habitude de resserrer la boucle sur un « e » minuscule. Celui qui les avait écrits avait la main ferme et quelque chose à prouver. Il y avait de l'émotion, mais elle était enfouie sous le contrôle.

La note « *Assez,* » cependant, était de la même personne, mais ce n'était pas la même écriture. Pas exactement. La pression était plus forte. L'inclinaison légèrement plus nette. Comme si celui qui l'avait écrit avait retenu son souffle tout le temps. Il était plus froid. Final. Comme s'ils avaient décidé, au dernier moment, qu'il fallait que quelque chose termine.

Et puis il y avait celle d'Elena.

Lâche. En boucle. Émotionnellement ouverte d'une manière que les autres ne l'étaient pas. Elle avait écrit cette phrase sans trop y réfléchir, et c'était ce qui la rendait si frappante maintenant. C'était la seule qui ne semblait pas faire partie d'un plan. C'était comme la vérité.

Perséphone sauta sur la table et, avec la précision lente de quelqu'un qui croyait posséder chaque surface de la maison, s'assit carrément sur la note « *Assez* ». Elle regarda Annabel comme si c'était son idée depuis le début.

Annabel ne l'a pas bougée.

Ses yeux dérivèrent à nouveau vers le scan du carnet de croquis. L'audace des traits. La fureur calme. Ce n'était pas la main de Claudia. Et ce n'était certainement pas celui d'Elena. Pas Basil. Pas Béatrice.

Alors, qui ?

Qui se soucierait assez d'envoyer des boîtes de pigments à Elena et à Claudia ?

Qui enterrerait une broche avec la même chapelle recouverte de lierre esquissée sur émail ?

Qui effacerait les carnets de croquis de l'atelier, mais laisserait une note derrière lui ?

Et, plus important encore, qui porterait la douleur de quelqu'un d'autre avec tant d'acharnement qu'il passerait des années à garder un fantôme en vie ?

Elle le murmura à haute voix sans le vouloir.

« Ce n'était pas une question de vengeance.

C'était une question de mémoire. »

Le vent tourna dehors. Une branche basse grattait le côté de la maison, lente et douce comme des doigts effleurant le verre.

Annabel reprit la note d'Elena et lut la ligne une dernière fois.

Pas là où je pensais qu'elle était.

Peut-être que la vérité n'avait pas été une révélation.

Peut-être que c'était une capitulation.

Elle plia lentement le papier et regarda Perséphone, qui lui donna un seul coup de queue en signe d'approbation.

« J'ai besoin de parler à Claudia, » a-t-elle dit doucement.

Perséphone cligna des yeux une fois.

Et n'a pas bougé de la note.

Chapitre 17

Claudia n'a pas répondu à la porte tout de suite.

Annabel se tenait debout dans la brume fraîche du matin, le manteau serré, Perséphone faisant les cents pas silencieusement à ses pieds comme si elle savait que les enjeux avaient changé. Une brise agitait le lierre qui rampait le long du poteau de clôture. L'air sentait la pierre mouillée et la lavande fanée.

Puis la porte s'ouvrit.

Claudia se tenait pieds nus dans un pull taché de peinture ; cheveux tordus en un nœud lâche. Ses yeux étaient rouges, mais pas d'un rouge frais – le genre de yeux usés par trop de nuits à faire semblant que le sommeil venait.

« Vous n'êtes pas ici pour m'accuser, n'est-ce pas ? » a-t-elle demandé.

Annabel secoua la tête. « Non. Je suis ici parce que je ne pense pas qu'il ne s'agit que de vous. »

***

Ils s'assirent près de la fenêtre du salon de Claudia, des tasses de thé refroidissant entre eux.

Perséphone a revendiqué le tapis sous le radiateur comme si elle faisait partie du rembourrage.

Annabel posa la note d'Elena sur la table entre elles.

Claudia ne le toucha pas.

« Elle a écrit ça avant de disparaître, » a déclaré Annabel.

« Mais je ne pense pas que c'était la peur. Je pense que c'était une reddition. »

Claudia laissa échapper un souffle amer.

« Elle savait qu'elle ne méritait pas ce qu'elle avait. »

Annabel la regarda attentivement.

« Vous avez dit que vous étiez venue ici pour la voir s'effilocher. »

« Et je l'ai fait. »

« Mais quelqu'un d'autre l'a aidée à tomber. »

Claudia s'immobilisa.

Sa voix, quand elle parla, était à peine audible.

« Parfois, je pensais... voir ma mère. »

Annabel ne bougea pas.

« Dans une foule. Dans un miroir. Une fois, lors d'une exposition à Berlin, j'aurais juré l'avoir vue debout près de l'entrée. Même manteau. Même posture. Elle ne m'a même pas regardé. Et le temps que je me retourne, elle était partie. »

Elle rit une fois, doucement. Pas de contentement.

« Je pensais que je l'imaginais. Que j'essayais de la voir. Mon cerveau juste... voulait qu'elle revienne. »

***

Plus tard dans l'après-midi, Claudia s'est retrouvée dans le salon de thé, sans vraiment se décider à y aller.

Béatrice essuyait les tables avec une efficacité tranquille, fredonnant quelque chose d'ajuste et de bas.

Claudia resta un moment dans l'embrasure de la porte avant de dire : « Je l'ai revue. »

Béatrice ne broncha pas. Elle n'a pas froncé les sourcils. Elle leva les yeux et étudia le visage de Claudia.

Puis, d'un ton doux comme un mouchoir tombé, elle dit : « Vous n'êtes pas la seule à l'avoir vue. »

Claudia la regarda fixement. « Tu veux dire... Vous avez vu quelqu'un qui avait l'air de... »

Béatrice hocha la tête une fois.

« Près des bois. Le chemin de la chapelle. Je pensais que c'était le chagrin qui me jouait des tours. Mais il n'y avait pas que vous. »

***

Elles s'assirent en silence. Claudia tourna sa tasse de thé dans ses mains.

« Pourquoi ne viendrait-elle pas à moi ? » a-t-elle demandé.

« Si quelqu'un qui lui ressemblait, si c'était elle, pourquoi ne dirait-elle rien ? »

La réponse de Béatrice fut simple, mais lourde.

« Peut-être qu'elle ne pensait pas que tu étais prête. Ou peut-être ne savait-elle pas si elle pouvait supporter d'être vue. »

Claudia n'a rien dit. Mais quelque chose dans sa posture a changé. Une lente inclinaison du deuil... à l'interrogation.

****

Plus tard, alors que la lueur s'estompait dans la soirée, Annabel rencontra Evie à l'extérieur de la boutique, un carnet à la main et un nouveau tranchant dans sa démarche.

« Elle l'a vue, » a déclaré Annabel.

« Claudia a vu quelqu'un qu'elle pensait être sa mère. »

Evie leva un sourcil. « Pensé ? »

« Elle n'imagine pas les choses. »

Elle s'arrêta.

« Et Béatrice non plus. »

***

Quelque part au fin fond de Witch's Hollow, un oiseau sauta de son perchoir et s'envola.

Et sous la terre, la vérité attendait.

Pas là où ils pensaient que c'était.

Mais juste là où elle avait été enterrée.

Chapitre 18

Elle avait enterré le fantôme de sa sœur il y a longtemps.

Mais l'ombre d'Elena s'attarda plus longtemps.

Dans les semaines qui suivirent le début de la retraite, Idomène observa depuis le bord de Witch's Hollow, cachée sous la capuche d'un manteau qui avait appartenu à quelqu'un qu'elle aimait trop pour l'oublier. Elle suivit du regard les mouvements d'Elena, remarqua la façon dont sa voix se brisait au milieu d'une phrase, l'hésitation dans son pinceau, le léger tremblement dans ses mains.

Le pigment avait commencé à agir à ce moment-là.

Elle ne l'avait pas prévu pour la tuer. Pas au début.

C'était censé être un *déclin.*

Un dénouement gracieux.

Le genre de déclin qu'Elena avait *infligé* aux autres.

Mais Elena a écrit la note.

J'ai trouvé la vérité. Mais pas là où je pensais qu'elle était.

C'était le moment qu'Idomène avait su : la fin devait être silencieuse.

Contrôlée.

Finie.

Alors, quand le dernier moment est arrivé, elle était là.

Elena était seule.

Le thé était chaud.

Le pinceau tomba de sa main comme un verdict tombé.

Et Idomène l'a enterrée – non pas dans la honte, mais dans le *silence.*

Le genre qu'Isolde n'a jamais eu.

***

Claudia ne savait pas pourquoi elle marchait vers Witch's Hollow.

Le vent était fort. Le ciel était bas. Mais quelque chose en elle était... Tiré. Pas par logique. Pas par curiosité. Par *un chagrin qui ne rentrait plus dans sa peau.*

Derrière elle, des bruits de pas.

Elle se retourna.

Perséphone.

La chatte marchait sans bruit, les oreilles en avant, la queue au niveau d'un point d'interrogation à moitié dessiné.

Elle n'a pas miaulé. N'a pas cassé le rythme.

Elle marchait juste à côté de Claudia.

Comme un guide.

Comme un témoin.

***

Le lierre était épais.

Trop épais.

Claudia s'écarta du chemin, sa botte s'enfonçant légèrement dans la mousse.

Perséphone s'arrêta devant, juste avant que la ligne d'arbres ne s'épaississe.

Elle s'est assise.

Elle n'a pas bougé.

Elle n'a pas suivi.

Claudia s'avança.

L'odeur l'a frappée la première. Faible, mais indéniable. La terre et l'huile. Une trace de quelque chose de métallique.

Puis elle vit la main.

À moitié enterré. Pâle. Un doigt s'enroulait toujours autour de la *tige brisée d'un pinceau.*

Claudia laissa échapper un son – une respiration étouffée et fracturée – et chancela en arrière, le cœur frappant ses côtes de l'intérieur.

Elle se retourna, se mit à courir...

Son pied s'accrocha à une racine.

La chute fut rapide, brutale. Son épaule heurta le sol en premier. Puis sa joue. La douleur se propageait vivement et chaude sur ses côtes. Elle haleta ; Le souffle s'échappa de ses poumons.

***

Des pas.

Pas pressés.

Mesurés.

Mous.

Puis une voix, douce et insupportablement familière :

« Ne bouge pas. Tu ne feras qu'empirer les choses. »

Claudia essaya de se retourner.

Une main toucha son front – chaude, calleuse, prudente.

Et puis elle l'a vue.

Même visage.

Les mêmes yeux.

Mais plus âgée. Sage.

Pas un fantôme.

Pas une hallucination.

Une femme.

Vivante.

« Tu n'es pas elle, » murmura Claudia. « Tu n'es pas ma mère. »

« Non, » dit doucement la femme.

« Mais j'étais autrefois son ombre. »

« Qui êtes-vous ? »

La bouche de la femme tremblait. Pas avec tristesse. Avec *soulagement.*

« Je m'appelle Idomène Voss. Isolde était ma sœur jumelle. Nos parents aimaient la littérature classique enracinée dans les mythes et les légendes. Ainsi, nos prénoms : Isolde de Tristan et Isolde et Idomène de la guerre de Troie et de la mythologie grecque. »

***

Perséphone s'avança, frôla la jambe d'Idomène et s'assit tranquillement à côté d'eux.

Elle regarda Claudia comme si elle le savait déjà.

Et peut-être... Elle le savait.

Chapitre 19

Claudia était assise sur le bord du muret de pierre, la cheville enveloppée et surélevée, les mains serrées sur ses genoux.

Idomène s'agenouilla à proximité, balayant la mousse de son pelage comme si cela avait de l'importance.

Ni l'un ni l'autre ne parlèrent. Perséphone gisait entre eux, recroquevillée comme un sphinx aux aguets, la queue battant de temps en temps avec un jugement silencieux.

Les arbres murmuraient au vent. Quelque part au loin, un pigeon ramier a appelé. Le monde continuait – *comme s'il n'avait pas changé pour toujours.*

Finalement, Claudia a dit :
« Pourquoi ? »

Idomène ne la regarda pas. « Parce que ta mère n'a pas voulu être vue au début. Parce qu'Elena s'est assurée qu'elle ne le soit jamais. »

« Et parce que je ne pouvais pas laisser ce vol être le dernier mot. »

***

Claudia déglutit. Sa voix s'est brisée.
« Alors, tu l'as empoisonnée ? »
Idomène ne broncha pas.

« Je lui ai accordé le même silence qu'elle a accordé à Isolde.

Elle était déjà en train de disparaître. Je... ne l'a tout simplement pas arrêté. »

Claudia détourna le regard, la mâchoire tremblante.

« Tu aurais dû venir à moi. »

Maintenant, Idomène leva les yeux. Ses yeux brillaient mais étaient secs.

« Je pensais que je t'avais déjà laissée tomber une fois. »

***

Annabel se tenait à la table de sa maison, la boîte de pigments s'ouvrit à nouveau.

Le contenu était légèrement métallique, avec un éclat huileux.

Basil était assis en face d'elle ; un catalogue ouvert entre eux. Une exposition en galerie d'il y a vingt ans.

« Ça, » a-t-il dit, en tapotant une photo, « ce n'était pas elle. »

Annabel se pencha plus près.

Dans le reflet de verre d'un tableau – à peine – une deuxième femme.

Même cheveux. Manteau différent.

« C'était la vraie artiste. »

Il n'a pas jubilé.

Il n'a pas souri.

Il a juste dit : « Elena n'était pas une imposture technique.

C'était une imposture dans l'histoire. »

***

Perséphone sauta sur la table et s'assit carrément sur le catalogue.

Annabel la regarda fixement.

« Elle savait, » marmonna Annabel. « Elle l'a toujours su. »

Basil renifla. » C'est une chatte. Ce sont tous des théoriciens du complot. »

***

La pièce était sombre.

Jules se tenait debout, un pinceau cassé dans une main et un verre de vin intact sur le rebord de la fenêtre.

Le catalogue était posé sur le sol. Ouvert.

Page plissée.

Photo éblouissante.

Le visage qu'il avait adoré, le génie qu'il avait défendu, n'était pas le sien.

Pas vraiment.

« Tu n'étais pas le génie, » murmura-t-il. « Tu n'étais que la voleuse. »

Il laissa tomber les broussailles. Il frappa le sol avec un bruit sourd.

Et puis il se tourna vers le mur, attrapa la toile qu'il essayait de terminer depuis des semaines...

Et l'a transpercé avec un couteau à palette.

***

Claudia se tenait à Witch's Hollow.

Son visage était pâle. Son corps tremblait.

Mais sa voix était claire.

« Tu viens avec moi. »

Idomène ne demanda pas où.

Elle hocha simplement la tête.

Perséphone se leva, s'étira et ouvrit la voie, comme si elle connaissait le chemin bien avant qu'aucun d'entre eux ne l'ait emprunté.

Chapitre 20

Les ruines de la chapelle étaient calmes.

Quelqu'un avait installé des chaises pliantes. Personne n'a dit qui.

Une toile posée sur un chevalet, faisant face à la foule.

Ce n'était pas le travail d'Elena.

C'était l'une des pièces du carnet de croquis. Les vrais.

Signé dans le coin inférieur : *I. Voss.*

Pas la célèbre Halberd.

Pas le nom volé.

Mais celui qui appartenait.

***

Béatrice avait apporté du gâteau au citron, parce qu'il y avait des choses qu'on ne pouvait pas s'en passer.

Basil se tenait près du fond, les bras croisés, la mâchoire serrée. Il n'avait pas beaucoup parlé de toute la matinée.

Annabel s'assit à côté de Claudia, qui avait l'air calme, mais vide.

Comme si elle était entrée dans la peau de sa mère pour la journée.

Et Idomène ?

Elle se tenait à l'écart, pas tout à fait dans l'ombre.

Elle ne portait pas de noir. Elle portait du *gris.*

Comme le brouillard. Comme un crayon. Comme l'entre-deux où tout art commence.

***

La foule n'était pas grande. Mais c'était *suffisant*.

Nora de la librairie. Ravi du bureau de poste.

Le propriétaire du pub. Le juge équitable.

Villageois. Peintres. Des gens qui avaient chuchoté.

Maintenant, ils écoutaient.

***

Claudia s'avança, d'une voix claire et calme.

« Vous avez déjà vu un travail comme celui-ci.

Mais vous ne saviez pas qui l'avait fait. »

Elle a brandi un morceau de papier – un des premiers articles sur l'ascension d'Elena.

« Cet héritage n'appartient pas au nom que vous connaissez.

Elle ne l'a jamais été. »

Un moment de silence.

Perséphone sauta sur la table à côté du chevalet.

S'assit.

A approuvé.

Claudia continua.

« Ce travail a été fait par ma mère. Isolde Voss.

Et protégée – en silence, dans le chagrin – par ma tante, Idomène. »

Des halètements s'élevèrent. Puis l'immobilité.

Idomène s'avança.

Elle ne dit rien.

Mais elle hocha la tête.

Puis elle s'agenouilla et ouvrit une boîte.

À l'intérieur : les carnets de croquis originaux.

Elle les posa sur la table à côté du tableau.

« Pour les archives, » dit-elle doucement. « Pour sa mémoire. »

***

Personne n'a applaudi.

Ce n'était pas le moment des applaudissements.

C'était le moment de *la restauration.*

Et c'était suffisant.

***

Après, les gens ont dérivé.

Nora a laissé une seule fleur sauvage à la base du chevalet.

Ravi a serré Claudia dans ses bras sans rien lui demander.

Béatrice tendit à Idomène une tranche de gâteau chaud et se contenta de dire : « Tu l'as tenue plus longtemps que la plupart des gens n'auraient pu le faire. »

Et Jules ?

Jules n'est pas venu.

Mais quelqu'un a trouvé un seul mot épinglé à la porte de la chapelle, écrit à la peinture.

« La vérité. »

Pas de nom.

***

Ce soir-là, Perséphone s'est recroquevillée sur les genoux de Claudia alors qu'elle feuilletait les croquis de sa mère.

Elle s'arrêta sur l'une d'entre elles : la chapelle, enveloppée de lierre.

Et au loin ?

Deux filles. Ombres jumelles, main dans la main.

Épilogue

La lune était basse et pleine, enveloppée de volutes de nuages comme un vieux châle.

Annabel était assise sur le porche, enveloppée dans un épais cardigan, sirotant un thé qui avait refroidi depuis longtemps. Perséphone se prélassait sur ses genoux, une patte tremblante comme si elle poursuivait des fantômes dans son sommeil.

Evie est sortie de la cuisine avec un plateau de pain grillé et de confiture et absolument aucun sentiment de calme.

« Tu te rends compte que nous avons été à côté du meurtre trois fois en moins d'un an, » a-t-elle dit, se laissant tomber sur la chaise à côté d'elle. « Je pense que nous sommes maudites. Ou bénies. Peut-être les deux. »

Annabel sourit faiblement. « Tu dis cela comme si tu espérais déjà le prochain. »

« Espérer ? J'ai commencé à tailler des crayons et à faire le plein de biscuits. »

Elles restèrent un moment assises dans un silence de camaraderie.

L'air sentait les feuilles mouillées, la fumée et *la pause avant l'hiver.*

À l'intérieur, le chalet était chaud. Sûr.

Dehors, le village sommeillait.

Pour l'instant.

***

Et puis, au loin, le faible bruit des cloches.

Pas sinistre. Pas encore.

Juste le tintement des clochettes du traîneau et le rire d'un enfant, portés par le vent.

Evie leva un sourcil.

« Dis-moi que tu n'as pas entendu ça. »

Annabel sirota juste son thé.

La queue de Perséphone donna un coup d'aile.

Bientôt à venir dans Un mystère Little Firling...

Meurtre lors de la procession du gui

Un mystère Little Firling – Livre cinq

Alors que le village de Little Firling se prépare pour sa procession bien-aimée du gui - une tradition pittoresque aux chandelles censée apporter la bonne fortune et raviver l'amour perdu - Annabel, Evie et Perséphone se retrouvent au milieu d'un autre mystère... Cette fois-ci avec des empreintes de pas givrées, des secrets de vacances enchevêtrés et un corps bien trop froid pour être expliqué.

Ce qui commence comme une charmante répétition tourne à la mort lorsque « l'esprit de la saison » est retrouvé effondré dans la chapelle, une couronne de gui toujours gelée dans sa main.

Alors que la joie festive devient fragile et que des rancunes enfouies depuis longtemps se fissurent sous la surface, une boîte de recettes disparue, des traditions volées et une lettre qui n'était jamais destinée à être retrouvée commencent à démêler la vérité.

Aujourd'hui, alors que la neige recouvre les secrets et que les cloches du traîneau tintent un peu trop étrangement, le trio Firling doit déballer une affaire où *même le chant de Noël le plus paisible a un couplet plus sombre.*